급식 시간

소요유 청소년시선 01

급식 시간

서형오 시집

시인의 말

오롯이 하나하나의 우주였던 너희들과
함께 보냈던 때의 일들을 생각하면서
기울어진 생각과 좁은 마음의 고집스러움,
거드럭거림의 더께를
박박 문대어 벗겨서
바란 데까지 다다르기에는 턱없이 부족하지만
좀 정결해졌다는 것을 고백한다. 고맙다.
그리고 내 마음속에 살았던
이팔청춘의 아리땁고 뜨거웠던 삶이여,
너무 오래 머물렀다.
그러니, 이제 떠나라!

2019. 5.
서형오

차례

2부 새를 앉히는 나뭇가지

3부 주렁주렁한 감자알

풀꽃

해는 네 그림자를 보지 못해도
우린 볼 수 있지
별은 네 향기를 맡지 못해도
우린 맡을 수 있지

넌 참 맑은 아이
넌 참 파란 아이

바람은 네 노래를 듣지 못해도
우린 들을 수 있지
비는 네 눈물을 만지지 못해도
우린 만질 수 있지

넌 참 맑은 아이
넌 참 파란 아이

1부

부족하면서도 충분한

급식 시간

오늘 5교시 문학 시간에
《춘향전》을 배웠다
거지 행색을 하고
남원으로 내려온 이몽룡이
향단이가 차려온 밥상을 보고
"밥아, 너 본 지 오래로구나."
하면서 비벼서는
마파람에 게 눈 감추듯
먹었다 한다

나는 탐관오리를 벌하기 위해
신분을 감추어야 하는 암행어사도 아니고
진짜 거지도 아닌데
밥을 볼 때마다
참 오랜만이라는 생각이 든다

딩디디딩 딩디디딩~
귀가 번쩍!
4교시 끄트머리에 울리는 벨소리가
"암행어사 출도야!"로 들리고

육모방망이 대신 수저통을 들고
식당으로 내달리는 내가
마음씨 나쁜 수령들을 잡듯
순살 치킨, 삼겹살 오븐구이, 참치 마요
잡으러 가는 사령이라는 생각이 든다

사탕

수업 시간에
식어 빠진 호떡처럼
납작하게 엎드려
자고 있을 때

우리 샘이
고개 들고 들어요
손에 손을 잡고서
다들 행복의 나라로 갑시다
나지막이 노래를 부르거나
내가 너의 사랑이 될 수 있다면
노래 고운 한 마리 새가 되어도 좋겠네
너의 새벽을 날아다니며
내 가진 시를 들려 주겠네
시를 읊으며
슬그머니 다가와
놓아두고 가는
사탕 몇 알

탕! 탕!

자꾸
내 마음을 쏘는 이것은
이 아릿하고 더운 이것은

양말 구멍

두근두근
새 학기 첫 조례 시간
우락부락한 담임 샘이
죽은 시인의 사회
웰튼아카데미
존 키팅 선생
카르페 디엠(Carpe diem)!
현재에 충실하라!
어쩌고저쩌고하면서
거짓말한 양치기 소년이 나쁘냐
소년을 외톨이로 만든
마을 사람들이 나쁘냐
관점이 다르면
대상이 달라 보인다며
모두 신발을 벗고
책상 위로 올라서서
느낌에 집중하라고 했다
모두들 어리둥절
잠시 주위를 둘러보다가
하나 둘 책상 위로 올라섰다

나도 운동화를 벗고 책상을 디디는데
오른쪽 양말 엄지발가락 끝에
콩알만 한 구멍이 나 있었다
나에게는 양치기 소년이고 뭐고
온 신경을 다 빨아들이는
관점을 하나로 집중시키는
블랙홀인
양말에 난 구멍
오, 카르페 디엠!

오늘 상담은

네가 물으면
내가 대답하는 형식으로 하자
궁금한 거 무진장 있지?
딱 하나 있어요
샘은 제가 문제아라고
생각하지 않으세요?
작년 담임 샘께
안 물어보셨어요?
내 학생을 누구한테 왜 물어봐,
선입견 생기게
있는 대로
그냥 보면 되지

새 담임 샘이
매운지 싱거운지
간을 보러 갔던 나는
교무실을 나오면서
나지막이 중얼거렸다
우리 엄마 버전으로
복 받은 년!

간벌間伐

앞산에는
벌목이 한창인 모양
문법 수업 시간 내내
앵앵거리는
웅웅거리는
전기톱 소리

뾰족한
톱니들
빙빙 돌아
나둥그라지는
동강나는
나무의 몸통

아이들
요란한 목소리들 데리고
빽빽한 말 숲 뒤지다가
몰려가는
간벌하는
비문非文

꽃이 되었다

오늘 누구 차례야?
동석인데요
그래, 동석이지?
앞에 나와서
김춘수의 '꽃'
낭독해 봐

내가 그의 이름을 불러주었을 때,
그는 나에게로 와서 꼬치 되었다

한 번에
어묵 꼬치
서른 개를 뚝딱하는
동석이의 낭독에
애들 웃음이 터지고
몸을 들썩이며
발을 구르고
책상을 치고

웃음이 마르기를

기다린 샘
동석이 너!
꼬치 되었다
어떻게 알았어?
소리가 비슷한 말을 이용한
언어유희
히히히히

꼬치 되었다에 이어
또
한바탕 웃음

쌍코피 터진 이야기

중간고사 첫날
집으로 돌아와
라면을 끓여 먹으면서
가채점을 해 보는데
문제지가 빗금투성이었다
마음이 퉁퉁 불었다
내일 시험 보는 과목들
공부를 조금 하고 있는데
코가 뜨뜻해지더니
왼쪽 콧구멍에서
끈적끈적한 것이 흘러내렸다
나는 겁이 났다
휴지로 왼쪽 콧구멍을 막고
텔레비전을 보면서 쉬었다

중간고사 둘째 날
집으로 돌아와
짜장면을 시켜 먹으면서
가채점을 해 보는데
또 문제지가 빗금투성이었다

마음이 어제처럼 퉁퉁 붓었다
그래서 조심스럽게 공부를 하고 있는데
코가 뜨뜻해지더니
이번엔 오른쪽 콧구멍에서
끈적끈적한 것이 흘러내렸다
나는 겁이 잔뜩 났다
휴지로 오른쪽 콧구멍을 막고
컴퓨터 게임을 하면서 쉬었다

피를 많이 흘리면
어지럼증이 오기 때문에
영양 섭취를 많이 하고
(면 종류를 좀 줄여야지!)
휴식을 충분히 취해야 한다
그렇지 않으면 공부를 하고 싶어도
할 수 없다는 내 말씀

나는 우리 선생님을 잘 알아

나는 우리 선생님을 잘 알아
내가 나물반찬을 싫어하는 것만큼
거짓말 하는 것을 끔찍이도 싫어하시지
나는 내 짝지처럼
치사하게 치약을 눈에 넣고
뻘겋게 토끼 눈을 만들어서
눈병 나 병원 간다고
야자 빼 달라는 수법은 쓰지 않아
난 사실대로 말할 거야
오늘 친구와 여친 100일 파티에 가야 한다고
네가 그 두 사람 사이에
싱겁게 왜 끼느냐고 물으시면
절친한 내가 축하를 해 주어야 한다고
다음부터 자습 절대 안 빠지겠다고 할 거야
내 말을 다 들은 선생님은
이 착한 하객을 향해
고개를 끄떡끄떡하시겠지
그래서 쉬는 시간에 교무실로 갔어
날씨도 나를 돕는다는 생각이 들었지
아침부터 비가 죽죽 내려서

문학을 가르치는 선생님 마음도
촉촉이 젖어 있을 테니까
그리고 교무실 앞에서 선생님과 딱 마주쳤는데
대뜸 이러시는 거야
마침 잘 왔다
교실에 가서 애들한테 곧 종례한다고 해라
호우경보가 발령되어 모두 하교시키란다

춤추는 혀
– 시를 낭송하는 시간

국어 시간이다
선생님 가로되,
'혀'를 꺼냅니다

친구 하나가 교단으로 나가
선생님이 엮은 '춤추는 혀'를 세워 들고
시를 낭송한다
우리는 손뼉을 친다
이번에는 우리 모두가
그 시를 낭독한다
또 손뼉을 친다
(우리가 시를 읽은 일을 축하하는 박수다)
이 시인은 내 아내가 고등학교 다닐 때 국어 선생님이었고,
취미는 마라톤입니다
이 시는 윤동주 시인이 무척 갖고 싶어 했지만 구할 수 없
어 필사했던 시집에 실려 있습니다
선생님이 양념을 쳐 준다

국어 시간마다
혀가 춤출 때

여러 가지 맛이 난다
어떤 시는 쓰고
어떤 시는 맵고
어떤 시는 짜고
어떤 시는 달콤하다

우리가 말을 할 때
혀는 그냥 예사로운 걸음이지만
시를 천천히 낭송할 때
혀는 우아한 춤사위를 뽐낸다

선생님 가로되,
이제 '혀'를 넣어도 좋습니다

우산 도둑

학교 앞 분식점에서
우산을 도둑맞았다
나는 출입문 앞에서
지붕이 뜯기고 없는
우리 동네 재건축 가옥처럼
멍하니 서서 하늘을 쳐다보다가
비를 맞으며 교문으로 뛰었다
재수 없게 흙탕물도 밟았다
교복도 신발과 양말도 모두 젖어
짜증이 밀려오는데
누가 불러 뒤를 돌아보았다
국어 샘이 우산을 씌워 주었다
그리고 웃으면서 말했다
몸은 젖더라도
마음은 젖지 않기를 바란다
국어 샘은
아마도 마음이 젖어 본 일이
많았을 거라는 생각이 들었다
그때 나는 우산을 잃어 버려서
몸이 젖었지만

우산 도둑은 내 것을 훔치는 바람에
마음이 젖어 좀 무거울 거라는
생각도 했다

형제 이야기

밤 열 시
국수 가락 같은 친구와
시내에서 영화를 보고
도시철도 열차를 탔다
역을 빠져나와 5분쯤을 걸어서
어두운 골목길로 들어서는데
떡대가 좋은 사람 둘이서
떡하니 우리 앞을 막아섰다
갖고 있는 돈을 모두 내라는데
나는 친구가 걱정이 되어서
지금은 없고 집에 있으니
저 앞 아파트 입구에서 기다리라고 했다
나는 친구를 볼모로 남겨 둔 채
집에 있던 형을 데려왔다
친구의 얼굴에 안도의 빛이 스쳤다
몸집이 좋은 한 사람은
내가 집에서 가져온 돈이 구사한
내려찍기 기술에 걸려 꼬꾸라졌고
몸집이 좋은 또 한 사람은
내 메치기 기술에 걸려

쓰레기 더미에 던져졌다
우리는 할머니 말마따나
덩칫값도 못하는 두 사람을
부축해 지구대로 갔다

나는 유도 3단
형은 태권도 3단
합이 6단이었다

비빔밥 1

일부러 딴 데를 보면서
학교 정문을 지나가는데
학년부장 샘이 나를 불렀다
춘추복 바지에, 하복 셔츠에, 웃옷에
슬리퍼까지
이거 완전 비빔밥이네
정문 지도 도우미 애들과
등교하던 애들이 모두 웃었고
나는 얼굴이 화끈거려서 죽는 줄 알았다
샘의 말이
한 숟갈 고추장이 되었다

비빔밥 2

시험일이 수만 대군을 이끌고
한 주 앞까지 닥쳐왔지만
악마가 소풍을 나온 듯
햇빛은 포근하지
공기는 신선하지
바람은 소매를 막 잡아끌지
싸돌아다닌다고 엄마한테 욕을 몇 바가지로
얻어먹어도 좋은 주말 한낮에
동아리 애들을 만나
반지하 벽돌집 대문 기둥에 둘러서서
교실에서 샘이 우리 이름을 부르듯
초인종 단추를 눌렀다
샘, 놀러 가도 됩니까
물음에
잃어버린 내 청춘과 함께라면 기꺼이
대답을 들은 것이
오늘 아침이었다

사모님이 내 온 큰 함지박에는
김이 모락모락 피어오르는 밥에

하얀 도라지, 초록 시금치, 주황 고사리, 노란 애호박나물에
달무리 진 행성을 닮은 달걀부침이 여러 장 덮이고
그 위에 똬리를 튼 벌건 고추장
어느 마음씨 고운 사람이 짰을 것 같은 참기름
샘이 주걱을 저으며 비빌수록
밥알들이 나물들 사이를 비집고 들어가는 것이 보였다
마침내 주걱이 함지박을 빠져나오자
일제히 달려드는 숟가락들
나는 축구공을 모는 공격수처럼
한 가지 나물을 피해 가며
포인트를 찾아 숟가락을 갖다 댔다
내가 잘 먹지 않는 고사리

오늘 진석이가 빠졌다
이유는 잘 모르겠다
사실 어제 진석이와 좀 안 좋았다
4교시 앞두고 우리 교실에 왔을 때
체육복을 자꾸 빌려주는 것이 귀찮아서
빌려 입으면 좀 빨아서 돌려주라고 했더니
그냥 교실을 나가버렸다

고등학기 동기가 의산데
어젯밤에 전화했더라
수발을 드는 아들이
우리 학교에 다니는 걸 알았단다
진석이 어머니
췌장암 진단을 받았다
너희들, 이 함지박에 있었던 놈들처럼
잘 어울렸으면 좋겠다

그때 살갑게 대하지 않은 어제 일이
생선 가시가 되어 가슴을 찔렀다
샘의 이야기에 체한 듯
가슴이 먹먹했다

오늘 우리 샘이
왜 비빔밥 파티를 열었는지
모르는 바보는 없을 것이다
왜 절친인 내가
진석이 처지를 몰랐는지
나 같은 바보는 또 없을 것이다

명찰

어제 청소 시간에
친구가 장난을 치면서
실밥이 풀려 벌어진 명찰을
아예 뜯어 놓았다
나는 명찰을 주머니에 넣고
PC방에서 놀다가
아빠 가게로 가서
만화를 보다가 잤다

오늘 아침에
아빠를 흔들어 깨워
명찰을 달아 달라고 했다
아빠는 처음으로 담을 넘은 도둑처럼
허둥지둥 바늘과 실을 찾았고
나중에는 접착제를 찾았지만
모두 헛방을 쳤다
일 년 동안 둘이 살면서
아빠가 바느질을 하거나
접착제로 무얼 붙이는 걸
본 적이 없다고 생각하는데

아빠가 고개를 갸웃거리며
부엌으로 가더니
밥통 뚜껑을 열었다
그리고 밥풀을 듬뿍 떼서는
명찰 뒤에 발라 이기면서
가슴주머니 위에 붙였다
손바닥으로 꾹꾹 누르고
발뒤꿈치로 쿵쿵 밟으니까
명찰이 납작하게 붙었다
난 교복이 구겨지지 않게
가슴을 쫙 펴고 학교로 갔다
교문 앞에서 다리를 벌린 채
매의 눈으로 애들을 내리훑던
부장 샘과 눈이 마주쳐서
움찔 놀라는 바람에
가슴에 붙어 있던 명찰이
그만 땅바닥에 풀썩 떨어졌다
어이!
샘이 나를 불렀다

하교를 하자마자
아빠 가게로 가서
성깔을 부렸더니
아빠가 나를 데리고
시장통 수선 집으로 가서
천 번을 빨아도 안 떨어지게
박아 달라고 했다
주인이 재봉틀 위에
교복 윗도리를 올려
두 바퀴를 돌리면서
명찰 가장자리를
두 겹으로 박아 주었다
나는 어제와 오늘
밥풀과 재봉틀 사이에서
엄마 생각을 좀 했다
엄마가 돌아와
아무리 교복을 빨아도
떨어지지 않는 명찰처럼
나와 아빠 곁에
붙어 있었으면 좋겠다

철이 샘

우리 철이 샘이
하마 입을 작게 열면
귀 안에 주렁주렁
감이 열린다

우리 철이 샘이
하마 입을 크게 열면
귀 안에서 와장창
그릇이 깨진다

오래 참았던
오줌발
많이도 요란히도 쏟아지는
철이 샘의
말 줄기

방구쟁이

뿌우~웅
비유를 설명하는 시간
샘이 칠판에
나비같이 날아서
벌같이 쏘는 알리라 적고
헤비급 권투 선수처럼
주먹을 내뻗는 순간
방구 소리가 났고
냄새 대잔치가 열렸습니다
나는 깜짝 놀랐습니다

꼭 반마다
방구쟁이가 하나씩 있다니까
샘의 말에
웃음이 빵 터지면서
마흔 개가 넘는 눈동자들이
내게 달려듭니다
내가 샘을 보고
아닌데예
교탁 있는 데서

소리가 났는데예
말해도

나는 우리 반
방구쟁이
우리 반 방구는
다 내가 주인입니다

나는 방구쟁이가 되어
참 억울합니다
그래서 샘을 향해
스트레이트를 한 방 날립니다
진짜 샘이 낐다아임미꺼
뿌우~웅

잃어버린 양말짝

금요일 아침
바구니엔
짝이 없는 양말 두 짝뿐
찾다 찾다
짝짝이를 신고
등교를 하는데

중앙 현관 게시판에
색이 바래도
벽을 잡고 놓지 않는
실종 아동 포스터
두 장

사진만 남겨 두고
더러는
이제 어른이 되었을
저 아이들은
모두 어디로 갔을까?

내가 출연하는 영화

친구들이 영화 보러 가자고 하면
바쁘다고 말하는 게 싫어서
배우들에게는 미안한 말이지만
나는 매일 영화를 찍는데
뭘 하러 가느냐고 했다
그러면서 내 생활이라는 영화에
값을 매긴다면 아마
천 원이나 될까
생각을 해 보면
웃음이 쿡쿡 나왔다

내가 출연하는 영화에는
장담하는데
액션도 스릴도 없다
물론 러브 신을 기대해서도 안 된다
단역배우인 엄마, 아빠, 친구들은
출연료를 못 받을 정도로
연기력이 영 시원찮다
그냥 우정 출연하는 거다
고전소설에 빈번하게 나타나는

권선징악은 좀 있다
어제 학폭자치위원회에서
약한 친구를 괴롭힌 애가
등교 정지 처분을 받았으니까
그러나 나중에 개봉될 내 영화에는
그것도 찾기 힘들 것이다
세상에는 선한 사람이 감옥에 가고
악한 사람이 떵떵거리며 사는 일이
예사로 일어나니까
극적인 반전은 글쎄
반에서 중간을 밑도는 내가
진짜 가고 싶은 의대나 법대를 간다?
그리 된다면
소설이 될 것이다

그런데 영화 값이 왜 천 원이냐고
아침 못 먹고 등교하지
수업에 자습에 학원 보충학습까지
고물차처럼 털털거리며
새벽에 들어와서

침대에 벌러덩 눕는 장면을 보면
눈물만 안 나지 슬플 테니까
천 원 정도는 받아야
내 직성이 풀릴 것 같다

지각한 이유

그 애를 만날수록
할머니가 기르는 시루 속 콩나물처럼
내 머릿속에 궁금증이 너무 많이 자라서
그만 헤어지자고 했다
나는 그 애와
그 애를 떠올리게 하는 것들
같이 탔던 시내버스
안겨 주었던 장미꽃 다발
만날 때마다 사 갔던 초콜릿 우유까지
모조리 미워하면서
가시 돋친 말을 하지 못한 것을
또 후회하면서
몇날 며칠을 아프게 보내다가
내 자신까지 증오하는 게 너무 싫어서
저녁 열 시에 잤고
새벽 세 시에 일어났다
큰 실패는 저 바깥의 어둠 속에
묻혀 버렸으면 좋겠다고 생각하며
책은 이해하기 어려운 삶의 정답을
납작하게 눌러 놓은 것 같아서

등교하기 전까지 무조건
한 권을 읽기로 결심했다
한 장 한 장 책장을 넘기기 시작하면
일곱 시나 되어 끝이 났다
그리고 일곱 시 오십 분까지
터벅터벅 걸어서 등교했다

어제 처음으로 지각을 했다
어려운 책을 집었고
고집스럽게 그걸 다 읽은 후에
집을 나섰기 때문이었다
교문에서 선생님한테 호된 꾸지람을 들었다
나는 그냥 문제를 풀다가 늦었다고 했다
책을 읽다가 늦었다는 말이나
그게 그거 아닌가
내 말이 끝나자
선생님 표정의 온도가
뜨거움에서 미지근한 정도로
내려가는 것이 보였다

지각의 기술

밥 먹듯 하는 지각
오 분이나 십 분 차이로
설익은 밥알 신세가 된 나를
샘들이 질겅거리는 게 싫어서
한 시간 더 뜸을 들인
여덟 시 삼십 분과 사십 분의
교직원 회의 시간 사이
화단 나무들 사이로 숨어들어
받침돌을 디디고 서서
창문을 열고
교복 치마를 걷고
두 손으로 창틀을 잡고
오른쪽 다리를 들어올리고
몸을 일으켜 세워
다시 왼쪽 다리를 들어올리고
교실 바닥에 사뿐 착지하는
지각의 기술

학교까지 따라온 강아지를
집에 데려다 놓고

다시 등교하면서
또 창문을 넘었는데
오늘따라 문 앞에
출석부를 들고 서 있는
담임 샘
이럴 때 한 마디 던지지 않으시면
매점 없는 학교겠지
떡볶이 안 파는 분식점이겠고

은혜는
여자로서 흠잡을 데 하나 없다

축구 시합

휘슬이 울렸다
전후반 60분 동안
골대의 그물은
한 번도 출렁이지 않았다
양 팀 선수들이
페널티 킥을 준비했다
우리 팀 미드필더 성기가
풀백인 나한테 뛰어와
내 대신 니가 차
넌 슛이 세고 정확하잖아
한 말이
마음을 데워 주었다

내 차례가 되어
페널티 마크에 공을 올려놓고
대여섯 걸음을 물러서서
제자리 뛰기를 몇 번 했다
골키퍼가 몸을 낮추었다
두 걸음을 떼고
주춤했다가 다시 뛰어가

오른발로 인사이드 킥을 했다
키퍼는 오른쪽으로 팔을 뻗었고
내가 찬 공은
왼쪽 골대의 그물에 잡혀
팽그르르 돌고 있었다
환호가 터져 나왔고
내 별명인 곰의 걸음걸이로
골 셀레브레이션을 했다

우리 반은 옆 반에
3대 1로 졌지만
나는 실실 웃었다
치킨과 콜라 값을
우리가 다 계산하게 생겼는데도
내 슛이 세고 정확하다고
성기가 말해 주었기 때문이다
골 맛도 따라올 수 없는
다디단 그 말

《호질虎叱》을 읽는 새로운 방법

1교시 국어 수업 시간
어제 교실로 배달된
박지원의『호질虎叱』전문全文 인쇄 자료가
모두 사라졌다
교탁 안에 있던 그것을
학력평가 문제지며 가정 통신문이며
학습지 여분인 줄 알고
누가 죄다 버린 모양이었다
한 시간 내내
회초리 같은 말들이
우박 덩어리처럼 내리쏟아졌다
벨소리가 울리자
선생님은 인쇄를 맡겼던《호질》전문 원본을
한 번, 두 번과 세 번을 겹쳐 찢어서
열 장이던 것을 수십 장으로 만들어
분리 배출 상자에 버리고
교실을 나갔다
학습부장인 나와 반장, 부반장이
찢어진 종이 조각들을 모두 주워 와
사물함 위에 펼쳐 놓고

한 땀 한 땀 바느질을 하듯
찢긴 모양을 가늠하며
낱낱이 읽고 이어서
유리 테이프로 붙여 나갔다
쉬는 시간과 점심시간에도
우리들의 퍼즐 놀이는 계속되었다
6교시가 끝나 청소 시간에
테이프가 덕지덕지 붙어 있는 그것을
선생님 자리에 올려놓았다
7교시 자습 시간에
교실 앞문이 스르르 열렸다
선생님이 보강을 들어와서
사려 깊지 못했다고 사과했다
아첨하며 어질지 못해 더럽다고
북곽 선생을 꾸짖은 범이
자기는 어찌 꾸짖을지
생각해 보았다고도 했다

오늘은 《호질》을
새롭게 읽은 날이었다

유리는 가짜다

별관에 있는 우리 반을
수녀원이라 부른다
왼쪽에는 늪지대인 동산과
오른쪽에는 나무숲이 있어서
예전부터 내려오는 별명이다
그러나 우리는 기도를 많이 하는
수녀님들과 다르게
많이 떠들고 장난도 잘 친다

바람이 살랑살랑 부는 5월
3교시 수업 시간이었다
고개를 돌려 창 밖을 보는데
산비둘기 한 마리가
우리 교실을 향해 날아왔다
어? 어? 어?
선생님과 친구들도 놀라
고개를 돌려 나를 보다가
내 시선 끝을 따라 왔다
그 비둘기가 열린 창을 넘어와
내 머리 위로 지나는데

두 다리를 몸통 뒤로 바짝
끌어당긴 모습이 언뜻 보이고
날갯짓 소리가 크게 들린다 싶은
순간,
쿵! 으악!
충격음과 비명의 슬픈 화음
복도 쪽 유리창에
머리를 세게 부딪힌 비둘기는
교실 바닥에 떨어져
파닥거리다가 부르르 떨더니
곧 잠잠해졌다
유리창이 닫혀 있는 줄도 모르고
건너편 숲으로 가다가
변을 당한 것이었다
쉬는 시간에 친구들과
바닥에 묻은 핏물을 닦고
뒷동산에 올라가
비둘기를 묻어 주었다

우리 아버지도

저런 유리 같은 인간에게 속아
월급쟁이 사장 노릇을 했다
부도가 났을 때
그 인간은 해외로 도피했다
아버지가 갚아야 할 돈은
100억 원이었다
아버지는 산비둘기처럼
파닥거렸다
그때 우리 가족도
이모 집에 가 살았다

유리는 가짜다
나는 이 세상의 모든 가짜들을
찾아내는 경찰이 되려고
공부도 운동도 열심이다

학급회의

문예반 애들이 와서
책을 한 묶음 부려 놓고 갔다
마침 눈이 근질근질하던 나는
교지를 가져와 표지를 넘겼다
우리 학교를 상징하는
교훈과 교가가 있었고
교표도 있었다
나무는 느티나무
꽃은 철쭉꽃
그런데 동물은 없었다
나는 학교 상징물들이 모여 있는 곳에서
우리를 응시하고 있는 한 마리 동물을 상상했다

다음 날 학급회의 시간에
내가 건의 사항 안건을 냈다
우리 학교를 상징하는 동물을 정하자
멸종 위기 동물로 하면 좋겠다
알면 사랑한다는 말도 인용하면서
내 제안은 아이들의 동의를 얻었고
학생회 회의에서도 수월히 통과되었다

교장선생님이 회의록에 서명했다

다음 주에는 추천을 받아
학교를 상징하는 동물을 결정하는
전체 투표가 있을 것이다
반달가슴곰, 표범, 여우, 늑대, 스라소니, 삵,
사향노루, 하늘다람쥐, 황새, 붉은박쥐,
담비, 수달, 큰바다사자…
많은 후보들이 등록되겠지
나는 반달가슴곰에 한 표다!

급훈 공모

조례 시간에 담임 샘이
우리 반 급훈은 공모로 정하자
내일 아침까지 제안서를 받을 건데
문화 상품권이 걸려 있다
했다
그러자 애들이
진열대의 과일이 쏟아지듯
우르르 나와서
제안서를 가져갔다

경청
미소
열공하자
지혜롭게
사랑합니다
열정과 끈기
저 태양을 향해
청춘은 맨발이다
엄마가 보고 있다
3년 후에 두고 보자

멋진 사람이 1등이다
펄떡이는 물고기처럼
이제부터가 시작이야

오늘 자치활동 시간에
투표를 했는데
표를 가장 많이 받은 것이
두 개였다
청춘은 맨발이다 8
펄떡이는 물고기처럼 8

종례 시간에 샘이
재투표를 하지 말고
두 개의 뜻을 담아
하나로 만들자며
예선을 통과한
응모자 두 명에게
방과 후에 남으라고 했다

펄떡이는 물고기 같은 청춘은 맨발이다

급훈으로는 좀 느슨한 것 같다

알맹이는 '청춘'이니까

맨 앞으로 보내 보자

청춘, 펄떡이는 물고기 같은 맨발

여기서 '청춘'과 '펄떡이는'을 결합하면

'물고기'를 쓰지 않아도

멋진 비유가 되잖아

청춘, 펄떡이는 맨발

그런데 좀 허전한 느낌이 들지 않아?

'청춘'은 인생의 어떤 시기잖아?

'시간'을 넣으니까 딱 됐네

이렇게 해서 탄생한

우리 반 급훈

청춘, 펄떡이는 맨발의 시간!

친구와 나는

샘이 준 문상으로

나무 색연필을 샀다

모두 스물여섯 자루

샘 것도 하나 넣어서

낙인烙印에 대하여

책에서 읽은

어느 아메리카 인디언 부족의 이야기처럼

우리 반은

누가 잘못을 하면

스스로 좋은 일을 하여

보상하기로 했습니다

지각을 해서

개구멍으로 들어온 진욱이는

칠판을 닦았지요

지우개에 '개새끼야'라고 적었다가

조례 때 걸린 현민이는

쓰레기통을 비웠습니다

○○대학교 폭파!

복도 벽에 낙서를 한 병주는

낙서를 지운 후

화장실 청소를 했구요

그래서 우리 반 친구들은 모두

전과 0범입니다

낙인처럼 따라다니는

꼴통이 한 명도 없지요

반티의 역설

중간고사 끝나
체육대회 하는 날
반티도 가지가지지
우리 반은 파란 죄수복
학번 핸드폰 번호
모바일 ID
수인 번호도 제각각이지
3-2호 감방 동기들
운동장에 나와
히죽거리며
체조하고
릴레이하고
축구 농구하고
줄다리기하지
운동장에 하얀 선
새로 그려지고
뿌연 먼지
일었다 가라앉았다
축제 끝나
죄수복을 벗지

다시 돌아온 3-2호실

줄 맞춰 앉아

EBS 교재 풀고

쉬는 시간엔 살짝

웹툰 넘기고

게임하지

냉면 한 그릇

엄마의 모닝콜로
새벽에 눈을 떴다
엄마와 아빠는
작은 공장에서 숙식하며
면을 만드는 영세 사업자다
나는 면 한 봉지를 꺼내
중불에 삶아서는
찬물에 헹구어 물을 뺐다
어젯밤에는
국물용 멸치와 마른 새우로
육수를 내서 살짝 얼려 두었다
고명으로 얹으려고
냉장실에서 수육을 꺼내
얇게 다섯 점을 썰었다
오이와 배를 채 치고
삶은 계란 반쪽을 챙겼다
겨자와 간장, 무절임도 따로 담았다

조례 시간
교실로 들어온 샘이

주춤 걸음을 멈추고
너털웃음을 터뜨렸다
교탁 위에 놓인
물냉면 한 그릇을 보고
미래의 셰프가 마련한
스승의 날 선물을 보고

2부

새를 앉히는 나뭇가지

면접

접수 마감일 오후에
연극영화과에 원서를 넣었다
면접을 보는 날,
대기실에 잠시 앉아 있다가
면접실로 들어가 접이식 의자 앞에 섰다
저… 목이 잠겨서 그러는데
목청을 좀 가다듬으면 안 될까요?
그래요
나는 하얀 벽면을 바라보며
동전노래방에 갈 때마다 부르는 노래를
일 절 끝까지 다 불렀다
아무도 제지하지 않았다
면접관들은 아마
내가 헛기침 몇 번 정도로
목을 다스릴 거라고 생각했겠지
그러다가 전기가 끊어졌을 때처럼
돌발한 사태에 잠시 어리둥절했을 것이고
내가 다시 돌아설 때까지
얼굴에 골이 얕은 잔줄을 여럿 만들었을 것이다
재미는 이런 것이다

소풍

어제 우리 동네 사는
친한 형을 만나
바이크를 얻어 타고 놀았다
학교 마치는 때에 맞추어
편의점으로 갔더니
사장님이 걱정스런 얼굴로
아빠가 와서 내 알바비를
모두 받아 갔다고 했다
나는 가슴에 불이 나서
아빠한테 전화를 걸어
니가 내 아빠가?
한마디 뱉고는
바로 끊어 버리고 싶었지만
그리 못했다
아빠는 핸드폰이 없다
이제 돈이 생겼으니까
자전거 발통처럼
노름판을 굴러다니다가
바람이 빠지면 돌아올 것이다

오늘은 시민공원으로

소풍을 가는 날인데

난 가지 않을 것이다

아빠 때문에

내 마음에서

바람이 다 빠져 나갔기 때문이다

라면을 먹으려고 물을 끓이는데

폰이 울렸다

담임 샘이다

여기 시민공원인데

너 같은 시민 오라고

만들어 놓은 거야

어디야?

차비가 없어서 못 가요

알았어

전화가 끊겼다

라면을 다 먹고

앉은 채로 게임을 하고 있는데

현관문을 두드리는 소리가 들렸다

안 봐도 다 안다

문을 열자 담임 샘이
그 자리에 선 채로
깔끔하네
옷 입어라
소풍 가자
했다
나는 담임 샘 똥차를 탔다
아내가 만든 거라며
샘이 종이백을 내밀었다

샘이 시를 쓰거나
사진을 찍으라고 했는데
시는 시시해서 안 쓰고
폰으로 나무 사진만
몇 장 찍었다
나무는 아빠처럼 돌아다니지 않아서
좋다
나는 내내
언덕진 곳에 앉아
사람들을 바라보았다

점심때가 되어
내가 열 받은 것이
티가 날까 봐
멀찍이 나무 그늘에 앉아
종이 백에 든 것을 꺼냈다
은박지에 싼 김치볶음 김밥
바닥엔 작은 카드와
흰 종이에 싼
만 원짜리 지폐 한 장
카드를 폈다

*좌절을 금지하고
희망을 허락함
-샘이 ♥ 홍건수에게*

웃겼다
그런데 웃음은 나오지 않고
내가 좋아하는 짬뽕을
곱빼기로 먹은 것처럼
마음이 빵빵해졌다

보호처분

친구가
좋은 놈을 봐 두었다면서
대연동으로 나를 데리고 갔다
그렇게 바이크를 훔치다가
백차를 타고 순찰을 돌던
경찰들한테 붙잡혔고
조사를 받았다

가정법원으로 갔다
소년원으로 갈까 봐
겁이 나서
어젯밤에는 한숨도 못 잤다
내 죄는 절도 미수
아버지는 지방에서 일을 하고 있다
보호자가 안 오면
더 나쁜 결과가 나온다고 해서
며칠 전에 우리 샘에게 부탁을 했다
샘이 탄원서를 썼다
큰누나는 오래 전부터 연락이 안 된다
작은누나는 밤마다 고깃집에서 알바를 하고

낮에는 학교에 간다
할머니는 거동이 불편하다
그래서 아예 말을 하지도 않았다
어머니는…
같이 안 산다

보호자입니까?
판사님이 물었다
담임교사입니다
아버지가 지방에 계셔서
제가 대신 왔습니다
우리 훈이 본바탕은 참 착한 놈입니다
깊이 반성하고 있으니 선처를 바랍니다
샘이 말했다
담임 선생님을 여기에 오시게 하다니
훈이 너 큰 벌을 받아야겠다
판사님이 무섭게 나를 나무랐다

나는 일 년의 보호처분을 받았다
소년원에 가지 않아도 된다

대신에 밤늦게 걸려오는 전화를 받아야 하고
수강 명령을 따라야 한다
그래도 정말 다행이라는 생각이 들었다

샘이 나를 데리고
돼지국밥집으로 갔다
밥순가락을 떠 넣으려는데
아까 샘이 한 말이 잠수함처럼 불쑥 떠올라
눈시울이 따끔거리더니
자꾸 눈물이 났다
나는 샘이 건네준 손수건으로
눈물을 훔쳤다
"본바탕은 참 착한 놈입니다!"

만우절

뉴스 속보!
오늘은 내 생일
우리 아파트 상가
중국집에서 보자
여섯 시다
꼭 맨손으로 와

친구들한테
단톡 메시지를 보냈다
문구점 앞에는
벚나무 꽃잎들이
산들바람을 타고
놀고 있었다

문화상품권과 책
펜 세트를 꺼내
친구들에게 내밀면서
생일 축하객들에게 주는
특별 선물이라고 했다
이어서 내가 한 말에

웃음이 빵빵 터졌다

오늘 내 생일 맞아
이제부터 매일
새롭게 태어나기로
작정했으니까 생일이지
내일도 모레도
내 생일이야

뭉클한 봄날

떠나 버린 엄마와
술에 빠져 사는 아빠 때문에
가뭄에 시든 풀잎처럼
학교도 안 가고
방에 누워 있는데
네가 방문을 열고 들어와
같이 학교 가자고 해서
가슴이 얼마나 느꺼웠는지 몰라
내가 눈물을 글썽이자
네가 일부러 딴 데를 보며
같이 졸업하자고 해서
또 얼마나 느꺼웠는지 몰라

곰곰

까무잡잡한 얼굴
큼지막한 덩치
느릿느릿한 동작
그래 내 별명은 곰

남들은 반나절 할 일
나는 하루해 다 저물도록
끙끙 곰곰궁리를 하지
그래 내 아이디는 곰곰

곰 옆에 곰 나란하게 세워
곰곰
곰 앞에 연어처럼 튀어 오른
곰곰

오줌 누는 법 1

우리 상담 샘이
예전 부처님 오신 날 밤에
야학 샘들과 밤낚시를 갔었대요
출렁거리는 배 위에서
돈을 꾸어 달라는 말보다 더 어렵게
쉬 마렵다는 말을 꺼냈는데
같이 간 샘들 꽤나 난감하여
이 일을 어쩌나
골똘히 궁리했을 테지요
급한 사람 덜 민망하게
누가 먼저 박수를 치며
노래를 불렀대요
눈덩이가 구르듯
박수와 노랫소리가
밤바다에 울려퍼지고
고기들은 다 도망을 갔다네요
부처님 오시는 날 밤에
바닷물 위에는 별빛이
고기들이 떨어뜨린 비늘처럼
반짝거리고 있었대요

오줌 누는 법 2

소변기에 파리를 그려 넣었더니
남자가 흘리지 말아야 할 것은
눈물만이 아닙니다
따위 표어를 써 붙이지 않아도
남자들이 변기에 바짝 다가서서
오줌을 누더라는 얘기 끝에 나는
집에서 방울이 변기에 튀지 않게 하려고
좌변기에 걸터앉아서
오줌을 눈다고 하자
친구는 남자가 그게 뭐냐고
자기는 변기 앞에 서서
일을 본다고 했다
나는 남자는 꼭 서서
오줌을 누어야 하는 법이라도 있냐고
좌변기의 좌 자가 앉을 좌라고
일러 주었다
그때 마침 상담 샘이 지나가다가
요즘도 간 크게
서서 튀기는 사람이 있냐고
내 말을 거들었다

용돈

무한리필 돼지고기 집에서
친구와 삼겹살을 구워먹는다
아빠는 은행원이야
우리 집 거실에는
만 원짜리 지폐 서른 장이 담긴
용돈 상자와
지출 명세를 적는
기록장이 놓여 있어
필요할 때마다
나와 동생이
돈을 꺼내 쓰고
물건 이름이나 쓴 데를 적어
나는 돼지고기를 씹으며
고개를 주억거리다가
친구의 그 다음 말들을
귓전으로 흘린 채
친구 집으로 신나게 달려가서
지폐를 여러 장 꺼낸다
물건 값을 계산하고
기록장에 내용을 적는 모습도

그려 본다

튀김과 주먹밥 4,000원
엽기 떡볶이 8,000원
영화 티켓(2매) 15,000원
문화상품권(친구 생일 선물) 20,000원
후드 티 40,000원

내 이름을 부르는 친구의 목소리에
나는 얼른 고깃집으로 돌아온다

바지 주머니에 살짝 손을 넣어
구김살이 진 돈을 만져 본다
할머니가 시장에 나가면서 준
만 원짜리 지폐 한 장
일주일에 한 번씩 더디게 찾아오는
만 원의 리필

물음

question 미국 · 영국 [ˈkwestʃən]

1. 질문, 의문; (시험 등에서의) 문제

2. (논의 처리해야 할) 문제

3. 의심, 의문

영어 단어를 검색하다가 만난

Q를 주물럭거린다

물음은 다

한 발 한 발 디딤판을 딛고 올라가듯이

궁리하면

답에 다다른다

물음은 다

전파를 쏘아 물체나 거리를 탐지하듯이

궁리하면

답을 찾아낸다

물음은 다

엮은 줄을 던져 물고기를 잡듯이

궁리하면
답이 걸려든다

파래

파래
맑은 소리가
입안을 구르면
내 기분이 파래[1]

파래
새콤한 무침이
밥상에 오르면
내 혓바닥도 파래

---

1. 이은혜 님의 글

비

집으로 가는
버스를 기다리며
빗방울을 바라본다

비 비 비
비 비 비
비 비 비

떨어지는 빗방울은
우리가
바삐 걷거나
뛰어다녀서
마음이 가파르게
기우는 때 같다

ㅍ ㅍ ㅍ ㅍ ㅍ ㅍ ㅍ ㅍ ㅍ

흐르는 빗방울은
우리가
앉거나

누워 있어서

마음이 판판하게

흐르는 때 같다

세 번의 실패

이모 집 가는 길
서울행 KTX 열차
나도 모르는 서울 지리만
꼬치꼬치 캐묻는
할머니

걸 그룹 공연 보러 가는 길
대전행 KTX 열차
스마트폰을 붙들고
일자리 정보를 검색하는
대학생

전학 간 친구 만나러 가는 길
대구행 KTX 열차
지점이 줄어 다른 곳으로 가지만
미혼이라서 자기는 좀 낫다는
금융회사원

부산발 KTX 열차는
미소가 예쁜 여학생은

앉히지 않고
그늘이 서린 어른들만
내 옆에 앉히고
자릿세를 챙기는
밉상 소개팅 주선자

바다

안녕!
야간 자습 빠지고
바다로 왔어
바다가
어마어마하게
크고 오랜 짐승 같아
번듯이 누워
감파른 뱃속에
살아 있는 것들을 기르고
죽은 것들을 거두어 다시 낳는
바다
사진 몇 장
찍어 보낼게
받아

축제

나는 산천어입니다
인공수정으로 태어나
양식장에서 자랐지요
나와 친구들은
전국 각지에서
활어차에 실려
이곳으로 왔습니다
꿀팁을 챙겨 온 관광객들이
체험료를 내고
작은 웅덩이에서
맨손으로 물고기를 잡는
놀이를 하는 곳입니다
남녀노소에 외국인들도
죄다 신이 나서
우리 친구들의 몸을
움켜 들어올리고
웅덩이 밖의 가족들은
핸드폰 사진을 찍습니다
그 모습을 기자들이
또 카메라에 담고

행복한 인터뷰를 합니다
그러는 사이
우리들의 푸른 심장은
딱딱히 굳어 갑니다
이 시나리오를 누가 썼을까요?
우리가 사람 같으면
축제가 벌어지는 기간에
제사를 지내는 집들이
꽤나 많을
죽음의 시나리오를

파리의 죄를 생각하다가

휴대폰을 가져 오라는
엄마의 심부름으로
조수석 문을 여는데
파리 한 마리
운전대 위에 앉아
앞다리를 싹싹 비비고 있다
나는 불청객의 다리 놀림을 보면서
병원균을 퍼뜨리는 죄를 물어
살충제를 뿌리려다가
저리 곡진히 비비면
허물을 덮어 줄 수도 있겠다 싶은데
문득 섬나라 철면피들의 일들이
기억의 틈을 비집고 나온다

그리 멀지 않은
소용돌이의 시간 속으로
가만히 들어가 보면
노예로 산 사람들의 검은 심장들이
강물에 둥둥 떠돌고 있다
애벌레 같은 소녀들을

새장에 가두어 노리개로 부린
군인들의 '오락시간'이 있고
집짐승 같은 청년들을
억센 손아귀로 쥐어짠
광인들의 근로 시간이 있다

이쯤 되어서 나는
엄마의 심부름도 잊은 채
통쾌한 상상을 한다
파리 한 마리가
앞다리를 싹싹 비비면서
기도문을 외운다
입 다문 강철 인간들이
맑은 눈물의 서슬로
자신들의 심장을 베어서
쇳물을 쏟아버리게 하소서!
그리하여 그들이
용서를 구하지 않는 죄를
이제 더 이상
지고 가지 않게 해 주소서!

병목 현상

친구 생기부 수상실적 수시정시
다이어트 졸업앨범 동아리 독서활동 특강
급식 게임 인서울 100일기도 논술전형 추천서수능
수상실적 자소서 대박 재수
휴식 용돈 운동 수행평가 EBS 최저학력기준 심층면접 합격
수면 캠퍼스 4년제 탐구영역 내신 스펙 스카이 특별전형급컷
반입금지물품
챔스 방과후수업 키다리책상비법
전공학과 대학축제 프로야구 연장자습

3부

주렁주렁한 감자알

라면을 먹으며

할머니와 이모 둘이
우리 집에 모였다
모녀들의 이야기는
큰방에서 도란도란한다
나는 내 방에 누워
이야기의 자잘한 잎들을 떼 내고
엄마의 이력을 쓴다

우리 엄마는
중학교와 고등학교 때
도서반이었다
도서관에서 책을 정리하거나
좋아하는 소설을 읽다가
늦게 집으로 갔다
그렇지 않으면
토큰을 팔거나
인부들이 먹을 밥을
여 날라야 했다
어떤 날은
길바닥에 나뒹구는 그릇들을 줍고

흙이 묻은 밥과 반찬을
빗자루로 쓸어 담았다
할아버지는 식사를 하다가도
꼬이거나 수틀리면
밥상을 문 밖으로 내던졌다

엄마가 살아온
꼬불꼬불한 길을 따라
나도 꼬불꼬불 걷다가
깜빡 졸았던 모양이다
엄마의 목소리가 달려왔다
라면 끓여 놓았으니
배불리 먹어라
혼자 식탁에 앉아
꼬불꼬불한 면발을 먹는데
엄마의 꼬불꼬불한 이력이
내 마음을 자꾸 아리게 했다

욕쟁이 우리 할머니

우리 할머니는 욕쟁이

아버지 어렸을 때
아래채 뒤꼍에서
낫 톱 짜구[1] 연장 벌여 놓고
활과 화살에
연과 얼레 만드는
재작[2] 부리다가
밥 때 지나 어슬렁 나타나면
이 능구리[3] 같은 놈아!

아버지 어렸을 때
진널[4] 솔숲에
소 먹이러 가 놓고
야구와 전쟁놀이에
낚시하고 헤엄치고
정신없이 놀다가
소 잃고 울면서 돌아오면
이 쎄[5]가 만 발이 빠질 놈아!

1. 짜구: '자귀'의 방언(경상도, 전라도)
2. 재작: 물건이나 공구 등을 가지고 놀 때, 위험하거나 잘못될(사고가 날) 염려가 있는 행위를 뜻하는 방언(경상도, 전라도)
3. 능구리: '능구렁이'의 방언(경상도, 전라도)
4. 진널: 해안에 있는 길게 생긴 너럭바위. 여기서는 하동군 금남면 대치리 진구지 마을의 끝에 너럭바위가 있고 잔디밭이 펼쳐진 곳의 이름
5. 쎄: '혀'의 방언(경상도, 전라도)

할아버지의 방구

할아버지 생신날 아침에
상에 둘러앉아 밥을 먹는데
아랫목에 따로 앉아
미역국을 떠먹던
할아버지 궁디[1]에서
뿌우웅 뿌우웅
방구[2]가 터져 나왔다
할머니가 4번 타자처럼
큰 놈을 한 방 날렸다
어이구, 빤쓰 째지겠다[3]
식구들 모두
그 불린 말에
웃음이 터졌고
할아버지는 우리를 보고
허허 웃었다

할머니는
궁디를 똥집이라고 하는데
할아버지를 닮아
나도 똥집이 무겁다고 한다

그러나 나는 할아버지처럼

방구는 안 뀐다

간혹 혼자 있을 때 말고는

1. 궁디 : '궁둥이'의 방언
2. 방구 : '방귀'의 방언(강원, 경기, 경남, 전남, 충청, 평안)
3. 빤쓰 째지겠다 : '빤쓰(←[일]pansu) 찢어지겠다'의 방언

끝순이

우리 아빠
셋째 누나 이름은
끝순이
할아버지 할머니가
딸은 그만 낳고 싶어서
끝순이
더 옛적의 할머니 할아버지들이
아들만 낳고 싶어서
끝순이
생이 시작되는 순간부터
누군가의 생을 위해
끄트머리로 살아야 했던
막례, 종숙이, 언년이, 필자, 끝남이, 기남이, 꼭지
수많은 끝순이들

왼손잡이

나는 왼손잡이다
왼손으로 숟가락 젓가락을 쓰고
노트 필기를 한다
우리 아버지 고향 말로는 짝배기다

외할아버지도
오른손으로 수저질을 하고
낫이나 호미를 잡으셨다
그런데 외할아버지는 짝배기였다

오른손의 별칭은 바른손
그러면 왼손은 그른 손쯤 되었겠다
왼손은 사리에 맞지 않아서
반대되거나 삐딱한 것이어서
집에서도 학교에서도 쓰지 못하던
손까지 좌우로 구별 짓던
이분법의 시대가 있었다

습관

새벽 다섯 시
아빠가 일어납니다
아침 여섯 시 삼십 분
아빠가 자꾸
내 이름을 부릅니다
귀가 따갑도록 부릅니다
나는 짜증을 내며 일어납니다
잠귀가 엷은 엄마는
내 방에 놓인 책들처럼
들쭉날쭉합니다

아빠가
늘 일찍 일어나는 내력을
나는 알고 있습니다
아빠가 초등학교를 다니고
중학교를 마칠 때까지
다섯 시를 쪼끔이라도 넘기면
할머니는 대문 앞으로 가서
동네 사람들아!
우리 아들이 아직 안 일어났다네~!

막 외쳤다고 합니다

그러면 아버지의 눈꺼풀에

조랑조랑

매달렸던 잠들이

토도독 토도독

죄다 떨어져 내렸다고 합니다

배추 농사

우리 엄마와 아빠는
낙동강 건너 김해에서
남의 땅에 농막을 짓고
배추 농사를 지으신다
여러 겹으로
포개져 자라는 배추

나는 남동생과 함께
부산의 금정산 기슭에
부모님이 얻어 준 셋방에서
밥을 짓고 일주일 치의 반찬을
덜어 먹으며 학교를 다닌다
야간 자습을 하고 싶은데
마을버스도 용돈처럼 빨리 떨어지고
동생 혼자 집에 있는 것도
체한 것 같이 마음에 걸려서
방과후 수업이 끝나는 대로
하교를 한다
뉘엿뉘엿 산을 넘어가는 해
울퉁불퉁한 골목길

부스럼 딱지 같다고
어머니가 말한 집
어머니 대신
냄비에 쌀을 안쳐 놓고 나를 기다리는
내 동생
밥상 앞에 앉아 숙제를 하고 있는
내 동생
두 겹으로 포개져 자라는
나와 내 동생

원피스

윗집 사는 아림이가
구운 생선을 먹다가
목에 가시가 걸려서
자기 아빠 차를 타고
병원에 갔다가 왔다
그날 저녁에
엄마 손을 잡고
아림이 집에 갔을 때
문을 열어주는
아림이 엄마를 보고
내 얼굴이 어둑어둑한 밤
모양을 하고 물었다
아림이 엄마
아림이 죽으면
아림이가 입던 원피스는
다 어떻게 돼요

저녁밥을 먹을 때
누릇누릇 구운 갈치
가시를 발라내면서

엄마가 해 준

내 여섯 살 적 이야기

베구두

우리 외할머니는
운동화를
베구두라고 부릅니다
갖가지 꽃들이 피어나
사람들 마음이 번드러운지
자꾸 집 밖으로 나가는 봄날에
아빠는 구두를 신고
나는 베구두를 신고
요양원에 갑니다
차 안은 포근하여
온갖 것이 다 흐물거리는데
유리창에 생각을 드리우고 있던 아빠가
시간의 페이지를
앞으로 움푹 넘겨 철벅철벅
냇물에서 잡은 고기를
검정 고무신에 담아 오던
저물 무렵을 얘기합니다
아빠는 또 바지런히
그 앞뒤의 일들을 부려 놓습니다
할머니는 그새

몇 개의 잎을 더 떨어뜨려서

가벼이 작아지는

하얀 나무 같습니다

느거 애비는

어데서 맨날 무얼 맹근다고

밥때를 많이 넘기 가

욕 많이 얻어묵었제

소를 먹이러 갔다가 잃고 와서

온 동네를 환히 불 밝힌

내력도 들어서

오늘은 귀가 다 불룩합니다

나도 아빠를 따라

저물 무렵 되어

출렁거리는 베구두 속에

물고기 몇 마리

담아 옵니다

뜸 들이기

머리가 지끈거려서
토요일 학원 빼먹고
시외버스 터미널로 갔다
버스를 타고 혼자
시골 할머니 집에 가는 건 처음인데
꽃나무들이 연신 뻥뻥
봉오리를 튀겨 대고 있었다

할머니가 가마솥에 밥을 안치고
흠씬 불을 땠다
검정 솥이 하얀 김을 뿜어내자
할머니가 부지깽이로 나뭇가지를 들어내고
아픈 배를 만지듯 천천히
불룩한 솥을 물행주로 닦아 주었다
야야, 이러고 한참을 가만히 기다리는데
밥이 속속들이 잘 익으라고
뜸을 들이는 기다
할머니의 포근한 말을 따라
입가에 미소가 피어났다

한 밤을 자고 집에 가면
펄펄 끓고 있을 엄마한테
이제는 학원에 가지 않고
내 속 좀 잘 익으라고
뜸을 들이겠다
말할 결심을 했다

엄마 생각

온종일
마루에 모로 누워서
바지랑대에 걸려 있는
엄마를 본다
물방울이 떨어지는
엄마
햇볕과 노는
엄마
가끔씩 살짝 펄럭이는
엄마
미소 짓는
엄마
하얀
엄마
엄
마

마음이
엄마로 왁자한
시골집

자린고비 이야기

사채를 놀려
엄청난 갑부가 된
큰할머니한테
세배를 드렸더니
이자처럼 덕담이 붙어 왔다

공부 열심히 해서
네 에미 애비
호강 시켜 드리라이

떡국을 먹고
오줌을 누러
화장실에 들어가는데
큰할머니의 목소리가
다급히 나를 따라왔다

야야, 소변볼 끼모
변기 물 내리지 마라이
내가 오줌 누고
물 내릴 끼다

어떤 선물

우리 삼촌은
서른한 살에 결혼을 했다
지은이가 다른 시집을
전하는 마음이 같은 시집을
칠십 권인가 팔십 권 사서
결혼을 축하하는 동료들에게
선물했다고 한다
매일 한 번씩
일 년 동안 기억되려면
달력을 선물하라는 이야기를
어디서 읽은 적이 있는데
나는 삼촌한테 시집 선물을 받은
그 사람들이
시집을 찾아서 좀 읽었으면 좋겠다
일 년 동안
국회의원들 싸우는 횟수만큼 읽는 것은
말이 안 되고
비 오는 날 수만큼
그것도 많으면
우리가 시험 치는 횟수만큼이라도

읽었으면 좋겠다
계절도 네 계절이니까

잔혹한 식욕

휴일 저녁에
엄마와 한바탕 전쟁을 치렀다
그 바람에 거실이며 부엌은
온통 전장이 되었고
날선 말들이 번쩍번쩍
쨍그랑거렸다

계속되는 포성으로
물의 땅에서 세를 들어 사는
열대어들은 소스라쳤을 것이다
진도 7쯤 되는 파동에 놀라
외벽의 벽돌이 떨어지듯
비늘이 떨어지기도 했을 것이다

나는
동강이 난 채
파닥거리는 말들과
베인 마음에서 흘러나오는
핏물의 비릿한 냄새를 뒤로 하고
집을 나왔다

그때 내가 소스라친 것은
앞집 문틈으로 새어나오는
삼겹살 굽는 냄새를 맡았을 때다
삼겹살 굽는 냄새가 진도 9 진도 10으로
내 후각의 지축을 흔들었을 때다

재미있는 결혼식

사촌누나 결혼식장에 갔다
나는 사복을 입을까 고민하다가
그냥 교복을 입었다

주례사 차례가 되자
하얀 의자에 앉아 있던 주례 선생님이
단상으로 올라가 인사를 했다
그리고 신부측 하객석으로
성큼성큼 걸어 내려왔다
내 앞에 서서 마이크를 내밀더니
자기소개를 하고 축하의 말을 해 주면
고맙겠다고 해서
숙제를 해 오지 않은 것처럼 당황했다
그래서 엉겁결에
신부 사촌동생입니다
두 분 멋있습니다
시시한 말을 했다
그가 책을 한 권 주어서
나는 꾸벅하고 그것을 받았다
내 뒤쪽에서 한 사람

신랑측 하객석 두 사람도
그렇게 책 선물을 받았다
신랑 신부의 부모들에게도
마이크가 건너갔다
신부의 어머니는 울먹이면서
잘 살면 좋겠다고 했고
신랑의 아버지는 하객들에게
바쁘신 와중에 와 주셔서 고맙다고
음식 많이 드시라고 했다
그는 내 자형이 될 신랑에게도
마이크를 주었다
아버지 어머니 고맙습니다
자형은 양가 부모에게 큰절을 했다
이번에는 부케를 잡고 있던 누나가
한 손으로 마이크를 받았다
저희들이 잘 사는 모습을
꼭 보여주고 싶어요
끝에는 짧은 주례사가 있었다
신부와 신랑에게
인생길 안전 운전하라고

서로에게 편안한 옷이 되어 주라고
부탁했다
주례사가 끝나자 박수가 쏟아졌다

재미있는 인터뷰 결혼식이었다

웃으면서 화내는 방법[1]

아빠와 목욕을 하고

중국집에 갔다

주말 오후라 그럴 테지

식초 냄새 그득한 식당은

음식을 먹는 손님들로 북적거렸다

라조기를 주문한 후에

내 친구들 얘기를 좀 했다

이십 분쯤 지났을까

홀쭉하게 배는 고파서

너무 오래 걸린다는 생각이 드는데

느닷없이

아빠가 테이블을 내리치고

벌떡 일어서면서 내게 손가락질을 하더니

아니, 이 놈이!

고함을 질렀다

내 눈은 휘둥그레졌고

왁자하던 손님들의 눈길은

우리 부자에게 쏠렸다

잠깐 뜸을 들인 아빠는

손가락질한 모양 그대로

몸을 주방으로 돌려
검지를 90도로 세우고는
여기 라조기 서둘러 주세요!
재촉하고는 얼른 앉았다
희한한 아버지의 행동 때문에
사람들이 한바탕 웃었고
반 박자 늦게 내 웃음소리가 터졌을 때
막 라조기가 오고 있었다

자신의 특이한 주문 방식을 두고
아빠가 이야기를 풀었다
만일 누군가가
사장이나 종업원을 불러서
닭 잡으러 갔어요?
라조기 주문한 지가 언젠데
그랬다면 얼마나 불쾌했겠니?
웃으면서 화내는 방법
어땠어?
괜찮았어?

1. 움베르토 에코《세상의 바보들에게 웃으면서 화내는 방법》에서 따 온 것임

연극의 형식

시민회관에서
연극을 한 편 보았다
누나가 내 생일 선물로 보여준
모노드라마

배우가 관객 넷을 무대로 불러냈다
큰아들, 며느리, 작은아들, 막내딸
배역을 맡겼고
그들은 즉석에서 서투른 연기를 했다
배우가 삼십 대 연인을 불러냈고
남자는 2년 동안 사귀고 있는 여자에게
엉거주춤 서서 무슨 말을 하려다가
관객들이 뭐라고 하자
무릎을 꿇고 프러포즈를 했다
배우가 중년 여자를 불러냈다
치매에 걸린 부모를 모시는 그녀에게
소주를 부어 주고
멸치 한 마리를 고추장에 찍어 주었다
배우가 양복 입은 남자를 불러내
제사상 앞에서 절을 하게 했다

배우가 무대에서 내려와
몇 명의 관객들에게
누구시냐
하시는 일은 잘 되느냐
묻고 선물을 돌렸다
자기 배때지만 불리는 놈
약한 사람 달달 볶아 대는 놈
뇌물 처먹이고 날름 받아먹는 놈
꾀를 부려 남을 속이는 놈
남의 천금 목숨을 앗아가는 놈
배우가 나쁜 사람들을 열거하자
관객들이 그들에게 야유를 퍼부었다
나도 우– 소리를 질렀다

내가 무대에 나갔더라면
프러포즈는 아직 때가 아니고
술은 글쎄…
하지만 우리 할아버지나 고모할머니처럼
죽은 이를 생각하며
절은 잘 했을 것이다

붕어 낚시

진교면 송원지에서

낚시꾼인 삼촌이

처음 낚시를 하는 동생을 위해

낚싯대를 꺼내 펴고

낚싯줄에 앙증맞은 찌를 달아준 후에

거치대를 비스듬히 꽂고

떡밥을 이겨

낚싯바늘에 끼워 주었다

나는 혼자서 채비를 마치고

물에 비친 내 모습을 바라보았다

아무한테도 말하지 않았지만

그제 저녁에 바이크를 타다가

빗길에 미끄러져

조금 다친 일이 떠올랐다

그때 동생 낚싯대의 찌가

수면 위로 쑥 올라왔다가 내려가는가 싶었는데

동생이 힘껏 낚싯대를 잡아챘다

낚싯대가 둥글게 휘어지고

붕어 한 마리 수면 위에서

푸드덕 몸부림을 치면서

바깥세상으로 끌려 나오다가
그만 물 위로 떨어져 버렸다
바늘 끝에는
붕어 주둥이의 두툼한 입술만
남아 있었다
삼촌이 말했다
저 붕어는 이제 뽀뽀도 못하겠다
모두 웃는데
얼마 전 한문 시간에 배운
순망치한이 생각났다
입술이 없으면 이가 시리다는 말
바이크 사고를 내서
내가 잘못되면
골이 아파서
동생도 힘들어질 것이다
나는
큰 웃음이 지난 뒤에
잔잔한 물결이 일고 있는
동생의 얼굴을
그윽이 바라보았다

책 읽는 벌

형 방에는
자명종이 네 개나 있다
침대 모서리마다
그것들을 켜 두고
잠자리에 들지만
아침이 되어
오 분 간격으로
난타 공연이 시작되면
차례대로 자명종을 끄고
다시 이불을 뒤집어쓴다
햇빛이 찬란한
오늘 아침에도
형은 지각을 했다
그래서 그 벌로
담임샘 옆자리에서
삼십 분 동안이나
또 책을 읽고 왔다고
왜 라면을 안 사 놓았냐
왜 자기 패딩에 얼룩이 졌냐
나를 걸고넘어지면서

저리 야단이다
책을 읽으면 좋다고
내가 아무리 타일러도
책 읽는 벌을
하도 많이 받아서
형은 나중에 커서도
절대로 절대로
책을 안 읽을 것 같아
걱정이다

서 선생과 서선생

어느 해
증조할아버진가
증조할머니 제삿날
큰아버지가
어이, 서 선생
여기 와서 음복해
해서
할아버지는 눈이 휘둥그레지고
아버지는
예!
그래서
딱 두 사람 빼고
모두 웃었지요

우리 집에는
선생님이 두 분 있는데요
한 분은 아버지
학생을 가르치는 사람이지요
또 한 분은 할아버지
함자가 착할 선善 자, 날 생生 자이지요

색안경

애니메이션을 보는데
다섯 살 난 조카가
주인공 아빠가 쓰고 있는
검은색 선글라스를 가리켜
더러운 안경이라고 합니다
할머니 옛이야기에
때가 많은 아이에게
까마귀가 "할배요. 할배!" 하겠다
했다는 대목이 있는데
그 까마귀 깃털 같은 검정 물감이
하얀 안경에 통째로 묻어 있어서
그리 말하는 모양입니다
깨끗이 안 씻으면
손도, 옷도, 장난감도 더러워져서
나쁘다고 여길 테지요
그런데 가만히 생각해 보니
나도 색안경을 끼고
누구를 나쁘게 본 일이
있었던 것 같습니다
하루는 짝꿍이

자기 여친은

학교를 안 다닌다고 했을 때

내가 대번에

말썽을 피우는 애냐고 물었으니까요

그게 아니었는데 말이죠

조카는 내가 준 바나나를 씻기고 있고

나는 벗어야 할 색안경이 없나 더듬어 보는데

창밖의 날씨가 맑았습니다

드라마 처방

큰 상자 속에서
설거지를 하고
바닥을 훔치고
빨래를 너는
엄마가
소파에 앉아 웁니다

음식물 쓰레기를 내놓고
시장을 보는
엄마가
벽에 납작하게 걸린
작은 상자 속으로 들어가
울고 있습니다

제사와 차례를 준비하고
갖고 싶은 걸 묻는 아빠에게
선물을 돈으로 달라는
엄마가 저리 울어서
약이 되었으면 좋겠습니다

콩나물국밥

목욕을 하고 나와
콩나물국밥집으로 갑니다
아빠가 두 그릇을 주문합니다
우리가 두런거리는 동안
밥알들과 콩나물들이 서로
뜨거운 자리를 바꾸어 가며
보글보글 끓었을 콩나물국밥이
하얀 김을 달고 나옵니다
말간 국물이 뜨거워
식기를 기다리면서
가만히 뚝배기를 들여다보는데
다리에 털이 난
또 종아리가 미끈한
콩나물들이 바글바글합니다
추석 때
추석 지나 설날 때
할아버지를 모시고 갔던
시골 목욕탕
탕이라고는 달랑 온탕 하나뿐이어서
근방 마을에서 모여든 사람들로

꽤나 북적이던 목욕탕이
여기에 와 있습니다

'진구지' 문법 공부

우리 아버지 고향 이름은
'진구지'
'진'은 '길다'의 관형사형인 '긴'의 사투리로 어근
'구지'의 본딧말은 '고지'
발음하기 편한 대로 바뀐 것
'고지'는 '곶이'를 소리 나는 대로 적은 말
'곶이'는 '곶'에 '이'가 더해진 말
'곶'은 바다 쪽으로 뻗은 육지로 어근
'이'는 접미사

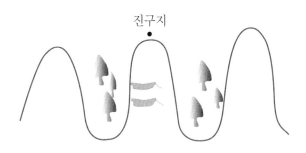

진구지

바다와 육지가
어근과 어근처럼 결합되고
그 육지의 발가락 사이에

139

접사처럼 붙어 있는

진구지

파란 바닷물이

섶에서 자라는 굴의 발바닥과

물고기의 겨드랑이를 간질이는

진구지

싸운 이유

아침 일곱 시 반쯤
두 교복이
골목길을 가다가
서로 어깨를 부딪었다
교복A가 말했다
뭘 째려봐, 인마!
그러자
교복B가
언제 봤다고 반말이야, 이 새끼야!
맞받았다
마음을 캥기었다가 쏜 말이
과녁으로 날아갔고
주먹이 나가면서
두 교복이 뒤엉켰다
마침 그곳을 지나던
요구르트 아줌마가
인근 지구대로 달려갔다

교복A와 B는 부주의했다
그래서 어깨를 부딪었다는 까닭은

온데간데없어지고

째려보고 반말한 것이

싸움의 이유로 둔갑했다

사실을 똑바로 보고

사과하는 법을 배우지 못한

교복들은

힘차게 커서

집안을 떠받치는

사나이가 될 것이다

유쾌하고 발랄한 청소년들의 이야기

황선열 문학평론가

1.

2004년 청소년 문학이라는 새로운 장르가 나타난 이후로 '청소년'이라는 특정 단어는 문학뿐만 아니라 사회에서도 많은 관심의 대상이 되었다. 청소년 문학이 있으니 당연히 청소년 시도 있을 것이며, 청소년에 관심을 기울이는 시인들이 청소년 시집을 내놓는 일은 당연한 일이다. 그동안의 청소년 시집들은 청소년들의 일상을 다양한 측면으로 보여주며, 그 일상들은 대부분 또래 집단의 언어를 재미있는 상상으로 형상화하고 있다. 또한 지금까지의 청소년 시들이 그 변화의 양상을 보여주지 못하고 스스로 답보 상태에 머물러 있었음도 사실이다.

이번에 발표하는 서형오의 《급식 시간》은 이러한 청소년 시의 세계에 작은 변화를 예고하고 있다. 왜냐하면 그의 시는 현재의 청소년 일상을 가장 가까운 곳에서 형상화하고 있으며, 또한 청소년들이 생각할 수 있는 사유의 세계를 유쾌하고 발랄한 방법으로 보여주고,

과거의 청소년들이 겪었던 경험들을 현재의 청소년들과 대비하면서 시대에 따라 변하는 청소년의 삶을 조망하고 있기 때문이다.

청소년 시집《급식 시간》은 제1부 스물여덟 편, 제2부 열일곱 편, 제3부 스물다섯 편으로 전체 71편의 시가 실려 있다. 서시인 〈풀꽃〉에 이어 1부는 청소년들이 겪을 수 있는 일상들을 촘촘한 서사로 엮어내고 있고, 2부는 청소년들의 현실을 해학과 풍자로 형상화하고 있으며, 3부는 화자의 어린 시절을 회상하면서 현재의 청소년들이 잊고 있었던 때를 떠올리게 한다.

《급식 시간》은 청소년들의 일상을 담담하게 드러내는 데 그치는 것이 아니라, 그의 시선이 소외받는 아이들에게 향하고 있다는 점에서 청소년들의 넉넉한 동반자로서의 의미를 획득하고 있다. 엄마가 집을 나가서 아버지와 함께 살 수밖에 없는 딸, 아르바이트비를 몰래 빼돌려 노름판으로 달려가는 아버지와 살아가는 아들의 이야기들이 나온다. 이들은 어려운 현실에 놓인 청소년들이다. 그런데 여기에 등장하는 아이들은 이러한 현실을 우울하게 받아들이지 않고 유쾌하게 받아들이고 있다. 왜냐하면 그는 청소년들을 '문제아'로 인식하지 않고 따뜻한 마음으로 감싸고 있기 때문이다. 이것은 이번 시집에서 발견할 수 있는 중요한 미덕이고, 청소년들을 항상 문제로만 받아들이는 어른들의 생각을 바꿀 수 계기가 될 수 있다고 본다.

2.

《급식 시간》은 청소년들의 일상을 무엇보다 긍정적으로 보여주기 위해 그것을 자세히 드러내고 있다. 이 때문에 한 편 한 편의 시들은 그 내용이 길어질 수밖에 없다. 청소년이라는 특정 계층을 염두에 두고 쓴 '청소년 시'라고 한다면, 그들의 일상을 잘 모르는 독자들에게 먼저 자세히 말해 주어야 한다. 비유의 방식으로 은폐하거나 기교를 부리면 그 본질을 드러내지 못할 수가 있다. 이 때문에 서형오의 시는 일상을 있는 그대로 드러내는 방식으로 청소년들의 일상에 접근한다. 이를테면 〈축구시합〉 같은 시에서는 승부차기로 결정을 내려야 하는 장면에서 '나'가 골을 넣는 장면을 세밀히 묘사함으로써 승부차기에서 오는 심리적 긴장감을 높이고 있고, 〈급훈 공모〉에서는 급훈으로 제시한 것들을 자세하게 보여줌으로써 아이들의 언어 선택이 어떤 것인지를 직접 체감하게 하고 있다. 다음 시 한 편을 살펴보기로 하자.

> 오늘 5교시 문학 시간에
> 《춘향전》을 배웠다
> 거지 행색을 하고
> 남원으로 내려온 이몽룡이
> 향단이가 차려온 밥상을 보고
> "밥아, 너 본 지 오래로구나."
> 하면서 비벼서는
> 마파람에 게 눈 감추듯 먹었다 한다
> 나는 탐관오리를 벌하기 위해
> 신분을 감추어야 하는 암행어사도 아니고
> 진짜 거지도 아닌데
> 밥을 볼 때마다
> 참 오랜만이라는 생각이 든다
> 딩디디딩 딩디디딩~

귀가 번쩍!
4교시 끄트머리에 울리는 벨소리가
"암행어사 출도야!"로 들리고
육모방망이 대신 수저통을 들고
식당으로 내달리는 내가
마음씨 나쁜 수령들을 잡듯
순살 치킨, 삼겹살 오븐구이, 참치 마요
잡으러 가는 사령이라는 생각이 든다

― 〈급식 시간〉 전문

이 시는 학교 현장에 있어보지 않으면 쓸 수 없는 시다. 4교시 마칠 때쯤이면 아이들의 마음은 온통 식당으로 향해 있다. 일선 학교에서는 점심시간에 급식지도를 하지 않으면 안 되는 상황에 놓일 만큼 아이들의 마음은 급하기만 하다. 배고픈 아이들의 마음을 《춘향전》에서 이몽룡이 "마파람에 게 눈 감추듯이 먹었다"고 말할 정도로 긴장감이 감돈다. 아이들은 점심시간이면 이몽룡이 거지 형세로 나타나서 허겁지겁 밥을 먹듯이, 그야말로 순식간에 밥을 먹는다. 조금이라도 먼저 먹어야 줄을 서서 먹는 번거로움을 피할 수 있고, 무엇보다 짧은 점심시간을 더 많이 활용할 수 있다. 이런 상황 말고도 실제로 배가 고픈 아이들은 암행어사 출두 장면과 같이 서두를 수밖에 없을 것이다. 청소년 시기는 돌도 씹으면 소화를 시킬 나이라고 하지 않던가? 그 아이들이 점심시간을 기다리는 것이 전쟁터의 상황과 같은 것은 지극히 당연한 일이다. 이러한 배고픈 아이들의 마음을 헤아리는 어른들은 과연 얼마나 될까? 이 시에서 제시하고 있는 점심시간의 장면은 학교 현장에 있지 않는 사람이면

도저히 알 수 없는 상황이다. 이 시는 진짜 거지도 아니면서 거지보다 더 게걸스럽게 점심을 먹고 있는 아이들의 일상을 잘 헤아리고 있다.

이 시의 마지막 부분 "마음씨 나쁜 수령들을 잡듯/ 순살 치킨, 삼겹살 오븐구이, 참치 마요/ 잡으러 가는 사령이라는 생각이 든다"는 자조 섞인 말은 학교에서 급식을 먹는 아이들의 현실을 신랄하게 드러내고 있다. 따라서 이 시는 청소년들의 일상을 촘촘하게 보여줌으로써 청소년들의 현실을 더 적나라하게 보여주는 시적 효과를 얻고 있다. 그의 시는 청소년들의 일상뿐만 아니라 그들의 심리도 잘 형상화하고 있다. 이를테면 〈양말 구멍〉과 같은 시에서는 "오른쪽 양말 엄지발가락 끝에/ 콩알만 한 구멍"만 나도 온 정신이 하나로 집중되는 블랙홀과 같은 청소년들의 예민한 정서를 잘 드러내기도 한다.

우리나라 대부분의 청소년들이 하루 일상을 보내는 곳은 학교다. 학교는 청소년들의 일상이 펼쳐지는 가장 중요한 무대이면서 청소년 시의 현장이기도 하다. 이 때문에 청소년 시에는 학교와 관련된 소재들이 많다는 것은 두말할 필요가 없다. 그런데 그동안의 청소년 시들은 학교를 청소년들에게 문제의 공간으로 생각하게 하는 경향이 뚜렷했다. 이를테면, 시험에 대한 압박감으로 학교가 없어졌으면 좋겠다고 생각한다든지, 학교가 놀이터로 변했으면 좋겠다는 발상을 한다. 이와 같은 생각을 시로 형상화하면 청소년들에게 일시적 만족감을 줄 수 있을지 몰라도 그것은 현실에서 일어날 수 없는 일이기 때문에 청소년들의 현실을 적확하게 드러낼 수가 없다. 과연 청소년들에게 학교는 문제의 공간으로만 머무는 것일까?

《급식 시간》은 이 문제에 대한 새로운 접근 방식을 보여준다. 그 중에 하나가 아이들과 대립하는 나쁜 선생님의 이미지에서 아이들과 함께 호흡하고 아이들을 사랑으로 감싸주는 좋은 선생님의 이미지로 변화시키고 있다. 학교 현장에는 아이들의 현실을 이해하고 그 아이들을 사랑하는 선생님이 훨씬 많다. 다만 제도권 교육의 문제로 어쩔 수 없이 통제하고 감시하는 상황에 놓여 있을 뿐이다. 청소년 시라고 해서 청소년들이 생각하는 학교 문제만 제시하면 우선 아이들의 가려운 부분을 해소해 주는 임시방편은 될 수 있을지 몰라도 청소년의 현실을 해결할 수 있는 궁극의 방법은 되지 않는다. 오히려 청소년의 현실을 긍정적으로 받아들이면서 그 속에서 참된 청소년의 삶을 발견하는 것이 옳은 일이다. 이번 시집은 학교 현장을 청소년의 현실과 함께 긍정적으로 조명하고 있다는 점이 새롭게 읽힌다. 다음 시를 살펴보자.

> 네가 물으면
> 내가 대답하는 형식으로 하자
> 궁금한 거 무진장 있지?
> 딱 하나 있어요
> 샘은 제가 문제아라고
> 생각하지 않으세요?
> 작년 담임 샘께
> 안 물어보셨어요?
> 내 학생을 누구한테 왜 물어봐,
> 선입견 생기게
> 있는 대로
> 그냥 보면 되지

새 담임 샘이

매운지 싱거운지

간을 보러 갔던 나는

교무실을 나오면서

나지막이 중얼거렸다

우리 엄마 버전으로

복 받은 년!

– 〈오늘 상담은〉 전문

이 시는 청소년들을 '문제'로만 생각하는 어른들의 선입견을 반성하게 한다. 그리고 나쁜 선생보다 좋은 선생이 더 많다는 것을 보여주고 있다. 좋은 선생은 "내 학생을 누구한테 물어 봐./ 선입견 생기게/ 있는 대로/ 그냥 보면" 되는 선생이다. 고작 일 년 담임을 맡는 동안에 아이들은 폭풍이 몰아치는 것 같이 변한다. 그러니 1년 전의 일 때문에 아이를 옥죌 수 없다. 이런 긍정적인 생각을 지닌 선생들은 일선 학교에 많이 있다. 일부 나쁜 선생님들이 좋은 선생님들을 호도하게 만드는 것이 현실이다. 이 시집에는 문법 시간에 앞산에서 벌목하는 소리를 들으면서 나무의 고통을 생각하는 선생님도 있고, 수업 시간에 방귀를 뀌고도 모른 척하면서 넘어가는 재치 있는 선생님도 있으며, 시험이 다가올 때 집에 불러서 비빔밥을 만들어주는 다정한 선생님도 있고, 우산을 잃어버리고 비를 맞고 가는 학생에게 우산을 씌어주는 선생님도 있다.

《급식 시간》에 등장하는 선생님들은 인용한 시에 나오는 선생님처럼, 학생들에 대한 선입견이 없는 선생님들이고, 학생들과 함께 호흡하고 학생들을 지극히 사랑하는 선생님들이다. 이런 선생님이 있는 학교야말로 청소년들이 마음껏 생활할 수 있는 곳이 아닐까? 청소년들을 옥죄는 학교 현장이 아니라, 청소년들과 함께 뛰어놀 수 있는 공간이 학교라는 사실을 알려줄 필요가 있다. 이런 점에서 이번 청소년 시집은 분명한 의의가 있다.

청소년 시는 청소년의 현장을 있는 그대로 형상화하는 것이 중요하며, 그 현장을 사랑하고 이해하는 것이 그 무엇보다 중요하다. 청소년들을 항상 '문제적 자아'로만 보는 편견을 바꾸어 긍정적인 부분과 삶의 활력을 찾아낼 때 청소년들의 삶이 건강해질 수 있다. 이번 시집이 감당하고 있는 중요한 몫은 이러한 건강한 삶의 회복이다.

3.

그러나 청소년의 현실은 긍정적인 부분만 있는 것이 아니다. 우울하고 슬픈 일들도 많다. 이번 시집에는 그 우울한 청소년의 현실 중에서 유독 소외된 아이들에게 관심이 쏠려 있다. 〈소풍〉에서는 편의점 알바를 해서 소풍을 가려고 했는데 아버지가 알바비를 모두 받아 가서 노름하러 가는 장면이 나온다. 아직도 '이런 가정이 있을까'라는 생각이 들긴 하지만 이 현실도 여전히 청소년들에게 주어진 현실이기도 하다. 그러나 이런 현실 속에서도 소풍을 가자고 직접 집으로 찾아와서 격려하는 선생님이 있기도 하고, "떠나버린 엄마와/ 술에 빠져 사는 아빠 때문에/ 가뭄에 시든 풀잎처럼" 살아가는 아이에게 같이 학교에 가자고, 같이 졸업하자고 감싸주는 친구도 있다. 청소년들은 혼자인 것 같지만 결코 혼자일 수가 없다. 아이들을 이해하는 선생님이 있고, 같이 학교 가자고 독려하는 친구도 있고, 동네의 치한을 만나면 같이 싸워 줄 형제도 있다. 자기만의 세계에 빠져서 문제를 일으키는 청소년들을 끝없이 감싸고 안아주는 공동체의 삶이 있다.《급식 시간》에서 보여주고 있는 중요한 미덕 중의 하나는 이러한 공동체의 세계를 보여주고 있는 점이다. 인생의 어느 시기보다도 예민하고 자존심이 강한 청소년 시기에 더불어 살아가는 사람이 있다는 사실을 일깨워주는 것은 무엇보다 중요한 일이다. 이번 시집은 청소년을 문제적 자아로 인식하는 예전의 방식을 벗어나 청소년들의 주변을 둘러싸고 있는 따뜻한 시선을 포착하고 있다는 점이 돋보인다. 서형오의 시집은 지금까지 왜 청소년들을 문제아로만 취급하고 내던져 두었는지를 반성하게 한다.

친구가
좋은 놈을 봐 두었다면서
대연동으로 나를 데리고 갔다
그렇게 바이크를 훔치다가
백차를 타고 순찰을 돌던
경찰들한테 붙잡혔고
조사를 받았다

가정법원으로 갔다
소년원으로 갈까 봐
겁이 나서
어젯밤에는 한숨도 못 잤다
내 죄는 절도 미수
아버지는 지방에서 일을 하고 있다

보호자가 안 오면

더 나쁜 결과가 나온다고 해서

며칠 전에 우리 샘에게 부탁을 했다

샘이 탄원서를 썼다

큰누나는 오래 전부터 연락이 안 된다

작은누나는 밤마다 고깃집에서 알바를 하고

낮에는 학교에 간다

할머니는 거동이 불편하다

그래서 아예 말을 하지도 않았다

어머니는…

같이 안 산다

보호자입니까?

판사님이 물었다

담임교사입니다

아버지가 지방에 계셔서

제가 대신 왔습니다

우리 훈이 근본은 참 착한 놈입니다

깊이 반성하고 있으니 선처를 바랍니다

샘이 말했다

담임선생님을 여기에 오시게 하다니

훈이 너 큰 벌을 받아야겠다

판사님이 무섭게 나를 나무랐다

나는 일 년의 보호처분을 받았다

소년원에 가지 않아도 된다

대신에 밤늦게 걸려오는 전화를 받아야 하고

수강 명령을 따라야 한다

그래도 정말 다행이라는 생각이 들었다

샘이 나를 데리고

돼지국밥집으로 갔다

밥숟가락을 떠 넣으려는데

아까 샘이 한 말이 잠수함처럼 불쑥 떠올라

눈시울이 따끔거리더니

자꾸 눈물이 났다

나는 샘이 건네준 손수건으로

눈물을 훔쳤다

"본바탕은 참 착한 놈입니다!"

– 〈보호처분〉 전문

이 시에서도 절도죄로 붙잡혀 들어간 학생을 선처해달라고 부탁하는 담임선생님이 나온다. 이 아이는 엄마가 집을 나가고 아버지와 누나와 같이 산다. 할머니는 거동이 불편하고 아버지는 지방에 계셔서 올 수가 없다. 이 아이가 의지할 곳은 오직 선생님뿐이다. 그 선생님이 재판정에 서서 아이에 대해 선처를 부탁하고 판사는 담임선생님의 부탁을 감안하여 아이에게 보호처분을 내린다. 비록 절도죄를 지었지만 본바탕은 나쁜 아이가 아니라는 담임선생님의 호소 덕분에 감형을 받게 된다. 이 시는 결손 가정의 아이를 보살피는 선생님의 모습이 따뜻하게 그려내고 있다. 가정으로부터 소외된 아이들은 학교에서 보호를 받는다. 외롭고 힘든 아이들이라고 하더라도 모든 곳으로부터 버림을 받는 것이 아니라, 학교라는 울타리 속에서 또 다른 보호를 받게 된다. 이 시에 등장하는 아이는 결국 선생님의 사랑에 감동을 받아서 눈물을 흘리고, 근본은 착한 놈이라는 선생님의 말에서 자기정체성을 발견하기도 한다. 모든 아이들은 근본이 잘못된 것이 아니라는 긍정적인 시선이 이 아이가 제2의 범죄자로 낙인찍히는 일이 발생하지 않도록 한다. 이 시의 근원에는 청소년을 바라보는 건강한 의식이 자리 잡고 있다.

우리 시대가 이 시에 나오는 것처럼 청소년을 바라보는 시선이 따뜻한 정으로 가득하다면 문제 청소년들이 또 다른 범행을 저지르는 일은 없을 것이다. 어른들의 선입견과 처음부터 청소년들을 문제아로 바라보는 시선이 자리 잡고 있을 때 청소년들은 또 다른 문제를 일으킨다. 청소년을 둘러싼 주변 환경이 따뜻하다면 우리 사회의 청소년 문제는 애초에 일어나지 않는다고 본다. 이번 시집에서 청소년들을 바라보는 시선은 이러한 근본인식의 차이에서 출발하고 있다. 이 때문에 《급식 시간》은 문제를 일으키는 청소년이라는 시선에서 벗어나서 청소년 문제의 근원을 새롭게 바라보게 되는 계기를 마련해 주고 있다. 이러한 관점의 차이야말로 청소년 시의 새로운 지평을 여는 단초가 된다고 본다. 청소년들이 문제를 만드는 사회가 아니라, 청소년들이 일으키는 문제의 근본 원인을 살펴서 그 근원을 따뜻하게 치유하는 것이야말로 청소년 문제를 해결하는 궁극의 지점이다. 이 시에서와 같이 청소년의 일상에 더욱 가깝게 접근하고 그 청소년들의 문제를 근본부터 새롭게 바라보는 관점이 필요하다. 이것이 기존의 청소년 시집과는 다른 이번 시집의 장점이라고 말할 수 있다. 청소년을 바라보는 관점이 근본적으로 다른 이번 시집은 청소년들의 우울한 일상 속에서도 유쾌하고 발랄한 사유를 시로 형상화하고 있다. 다음 시를 보자.

까무잡잡한 얼굴
큼지막한 덩치
느릿느릿한 동작
그래 내 별명은 곰

남들은 반나절 할 일
나는 하루해 다 저물도록
끙끙 곰곰궁리를 하지
그래 내 아이디는 곰곰

곰 옆에 곰 나란하게 세워
곰곰
곰 앞에 연어처럼 튀어 오른
곰곰

— 〈곰곰〉 전문

　　모든 아이들이 동작이 잽싸게 빠른 것은 아니다. 어떤 아이는 동작이 느리기도 하고, 어떤 아이는 동작이 빠르기도 하다. 각자가 제각기 다른 모습으로 존재하는 것이 인간의 특징이다. 그 다름을 인정해 주는 것이야말로 청소년을 바라보는 올바른 시선이다. 이 시는 행동이 느린 아이의 특징을 인정해 주는 재기발랄한 언어유희가 잘 나타나 있다. 청소년 시의 재미를 한껏 드러내면서도 청소년 시의 특징을 잘 보여주고 있다.

　　〈용돈〉이라는 시에서는 아빠가 은행원인 아이의 집에서는 용돈 상자를 두고 용돈을 쓴 만큼 기록하게 한다. 그러나 할머니에게 일주일에 만 원씩 용돈을 받는 아이는 그 집에 가서 사고 싶은 것을 마음껏 사고 기록장에 남기는 유쾌한 상상을 한다. 아이들의 욕망은 제각기 다르고 살아가는 환경도 모두 다르다. 그 다름 속에서 또한 아이들은 스스로 현실을 인식하는 눈도 갖게 된다. 이번 시집에서는 우리 시대 모든 청소년들이 이와 같이 건강한 의식을 지니고 있다고 인식하게 한다. 이런 유쾌한 상상은 청소년 시의 재미를 느끼게 한다. 기호를 인용한 〈물음〉이라는 시에서는 청소년들의 기발한 상상을 보여주기도 하고, 〈파래〉와 〈바다〉와 같은 시에서는 재기발랄한 언어감각을 형상화하기도 한다. 그러면서도 대상을 바라보는 시선은 누구보다도 따뜻하다.

그동안의 청소년 시집은 청소년들의 일상을 여과없이 드러내는 데 관심을 기울였다면 이제부터 청소년 시집은 청소년들의 건강한 의식을 발견하고 그것을 청소년들의 인식 체계로 받아들이는 방식이 필요한 때이다. 서형오의 《급식 시간》은 이러한 청소년들의 세계를 발견하고 표현하기 위해 각고의 노력을 기울이고 있다. 주로 3부에 나오는 시들에 국한할 수 있지만 이번 시집에는 과거의 청소년들이 어떻게 살았는지를 보여주는 시들도 많이 있다.

우리 엄마와 아빠는
낙동강 건너 김해에서
남의 땅에 농막을 짓고
배추 농사를 지으신다
여러 겹으로
포개져 자라는 배추
나는 남동생과 함께
부산의 금정산 기슭에

부모님이 얻어 준 셋방에서

밥을 짓고 일주일 치의 반찬을

덜어 먹으며 학교를 다닌다

야간 자습을 하고 싶은데

마을버스도 용돈처럼 빨리 떨어지고

동생 혼자 집에 있는 것도

체한 것 같이 마음에 걸려서

방과후 수업이 끝나는 대로

하교를 한다

뉘엿뉘엿 산을 넘어가는 해

울퉁불퉁한 골목길

부스럼 딱지 같다고

어머니가 말한 집

어머니 대신

냄비에 쌀을 안쳐 놓고 나를 기다리는

내 동생

밥상 앞에 앉아 숙제를 하고 있는

내 동생

두 겹으로 포개져 자라는

나와 내 동생

- 〈배추 농사〉 전문

이 시는 한 세대 전에 살았던 어른들의 청소년 시절을 보여주고
있다. 이 시에 등장하는 아이들의 부모님들은 김해에서 소작농을 하
고 있다. 가난하지만 아이들을 공부시키기 위해서 도시에 셋방을 얻
어 준다. 동생은 형을 기다리면서 밥을 하고 나는 동생을 위해서 방

과 후 수업이 끝나는 대로 집으로 간다. 요즘 청소년들은 이런 환경을 이해할 수 없겠지만 한 세대 전의 어른들이 살았던 시대에는 흔한 일이었다. 비록 시대는 변했지만 청소년들의 정서는 변하지 않았다는 것을 잘 보여주고 있다. 이것은 앞에서 절도죄로 재판을 받는 아이에게 "본바탕은 참 착한 아이"라고 생각하는 뿌리가 된다고 말할 수 있다. 그가 바라보는 청소년들의 모습은 이러한 과거의 건강한 청소년들의 모습에 근원을 두고 있다. 가난한 시절을 겪으면서 자란 어른들이 현재의 청소년을 바라보는 바른 시선이 있다. 그가 바라보는 청소년들은 이러한 근본 인식의 차이로부터 시작한다. 이러한 인식의 차이는 현재의 청소년들을 바라보는 건강한 의식으로 자리 잡게 해줄 수 있다. 이번 시집을 통해서 앞으로 청소년 시가 어디로 나아가야 하는지를 반성하는 계기가 되었으면 한다.

4.

지금까지 살펴본 서형오의 청소년 시집 《급식 시간》은 청소년 시의 새로운 지평을 보여준다고 말할 수 있다. 그것은 청소년에 대한 근본 관점이 긍정적인 시선에서 출발하고 있다는 점에서 그렇고, 청소년의 현실이 외따로 떨어진 곳에 있는 것이 아니라, 우리 사회에 더불어 존재하는 곳에 있다는 점에서 그렇다. 청소년 시에서 청소년을 문제아로만 바라본다면 청소년의 현실이 어둡게 비춰지기만 할 것이다. 비록 청소년의 현실이 어른으로 성장하는 통과의례의 고통 속에 놓여 있는 시기라고 해도 그 현실을 부정적으로만 생각해서는 안 될 것이다. 그 현실 속에는 아름다운 우정도 있고, 멋진 형제애도 있있으며, 부모님들의 사랑도 있고, 학교 현장에서 아이들을 사랑하는 선생님들도 있다.

지금 우리 시대는 청소년들의 현실을 공동체의 인식으로 받아들이고, 그곳에서 꽃 필 수 있도록 자리를 마련해 주는 일이 간절히 필요할 때이다. 서형오의 청소년 시집은 이런 자리에서 빛나는 시집이다. 그의 시집은 지금 여기에 놓인 청소년들의 현실을 촘촘하게 살피면서 그 청소년들과 함께 하기 위해 사랑으로 감싸는 마음이 놓여 있다. 부정은 부정을 낳고 비판은 비판을 낳는다. 반대로 사랑은 또 다른 사랑을 낳는 계기가 되고, 이해는 또 다른 이해를 낳는 발판이 된다. 청소년에 대한 밝고 긍정적인 사유야말로 청소년들의 미래를 밝게 할 것이다. 서형오의 청소년 시집《급식 시간》은 청소년을 바라보는 사유의 전환에 중요한 한몫을 할 것이라고 생각한다.

청소년시선 01
급식 시간

1판 1쇄 2019년 5월 30일 펴냄
1판 2쇄 2020년 1월 28일 펴냄

지은이 ㅣ 서형오
펴낸이 ㅣ 박윤희
펴낸곳 ㅣ 도서출판 소요-You
디자인 ㅣ 윤경디자인 070-7716-9249
등록 ㅣ 2013년 11월 12일(제2013-000009호)
주소 ㅣ 부산시 중구 대청로137번길 11
전화 ㅣ 070-7716-9249
팩스 ㅣ 0505-115-5618
전자우편 ㅣ pyh5619@naver.com

ⓒ 2019, 소요-You
ISBN 979-11-88886-06-7

이 도서의 국립중앙도서관 출판예정도서목록(CIP)은 서지정보유통지원시스템 홈페
이지(http://seoji.nl.go.kr)와 국가자료종합목록 구축시스템(http://kolis-net.nl.go.kr)
에서 이용하실 수 있습니다.(CIP제어번호 : CIP2019020179)